Die Brücke

Translated to German from the English version of
The Bridge

Kakoli Ghosh

Ukiyoto Publishing

Alle weltweiten Veröffentlichungsrechte liegen bei

Ukiyoto Publishing

Veröffentlicht im Jahr 2023

Inhalt Copyright © Kakoli Ghosh
ISBN 9789360164065

*Alle Rechte vorbehalten.
Kein Teil dieser Publikation darf ohne vorherige
Genehmigung des Herausgebers in irgendeiner Form, sei
es elektronisch, mechanisch, durch Fotokopie,
Aufzeichnung oder auf andere Weise, vervielfältigt,
übertragen oder in einem Datenbanksystem gespeichert
werden.*

*Die Urheberpersönlichkeitsrechte des Autors sind geltend
gemacht worden.*

*Dies ist ein Werk der Fiktion. Namen, Personen,
Unternehmen, Orte, Ereignisse, Schauplätze und
Begebenheiten sind entweder der Phantasie des Autors
entsprungen oder werden fiktiv verwendet. Jede
Ähnlichkeit mit tatsächlichen lebenden oder toten
Personen oder tatsächlichen Ereignissen ist rein zufällig.*

*Dieses Buch wird unter der Bedingung verkauft, dass es
ohne vorherige Zustimmung des Verlegers nicht verliehen,
weiterverkauft, vermietet oder anderweitig in Umlauf
gebracht werden darf, und zwar in keiner anderen
Einbandform als der, in der es veröffentlicht wurde.*

www.ukiyoto.com

Vorwort

Die Brücke verkörpert den visuellen Abstand, eine Verbindung der Seele mit dem alten sternenhimmel. Es ist der Monolog eines isolierten modernen Geistes, der sich durch die Erscheinungen von maskierten Gesichtern und Täuschungen schleppt. Die zerrissene Seele strebt nach Freiheit von Frustrationen, Heuchelei, Unfähigkeit und Wahnvorstellungen. Die geistige Leere der hysterischen Religiosität hängt wie ein kläglicher Schrei über dem Fluss des Vergessens. Die goldene Brücke bahnt den Weg zu einem schimmernden Luxus der Freiheit von allen Leiden.

Inhaltsverzeichnis

Die Brücke	1
Unbeendet	3
Spider	4
Bare Nötigkeit	6
Komm Zurück	8
Ein Und Ein	10
Ein Tränenreiches Lächeln	12
Bare Wahrheit	15
Von Angesicht Zu Angesicht	17
Unzerstörbar	18
Fluss Des Vergessens	19
Stray Gott	21
Bitte Stirb Jetzt Nicht	24
Kontrolllinie	25
Blindes Lieben	27
Ein Weg Dazu	29
Eine Jahreszeit Der Ernte	31
Schlafende Schönheit	33
Alte Taverne	35
Der Fluch	37
Benehmen Sie Sich	39
Hybrid	41
Licht Überdauert Das Feuer	43

Einfach Tiefsinnig	44
Todesfurcht	45
Blühende Wunden	47
Einschreibung Zu Einer Odyssee	48
Die Marke	51
Der Letzte Atemzug	53
Abgeschlossen	55
Über Den Dichter	*57*

Kakoli Ghosh

Die Brücke

Die Brücke der Freiheit
so still über den fließenden Fluss,
die ich jeden Tag zu überqueren pflege:
die mondbeschienene Vergessenheit funkelt,
gestohlene Erinnerungen trüben überall,
meine verschrumpelte Seele, antik und alt
irrt wie ein verlorener Wanderer
auf der schwimmenden Brücke aus Gold.
Kaiser hatten vergeblich versucht
die leuchtende Brücke des Ruhmes zu überqueren,
geschmiedet und emailliert in Gold,
einen Weg, um ihren mächtigen Namen einzugravieren
den die Zeit in den Himmel tragen mag;
meine zerfledderte Seele, müde und kalt

entzündete alle trockenen alten Blätter der Last
für ein wenig Wärme auf der Brücke, alt.
Frei von den Ketten der Sehnsucht,
und verlor kurze Funken im goldenen Feuer,

2 Die Brücke

fand ich die Brücke, die mich trug
durch den gleißenden Goldregen
der reinen Freude der Liebe, über den dunklen Fluss.
Lass den goldenen Moment verschmachten,
für das Glühen im Jenseits für immer,
wie Glitzern, das im Glanz verblasst.
Mein hohles Leben geht durch dich,
wie tosende Wellen in der Dunkelheit, flüstern
das Geheimnis der Farbe der Nacht
unwissend um den vergrabenen Schatz des Meeres;
leblose Atemzüge finden goldene Gründe

im Vergehen der Jahreszeiten trifft deine Liebe meine
Leere. mit einem lang bekannten alten Duft.
Der Schmerz blüht wie Apfelblüten
und erhellt die kahlen Äste des Kummers;
die akuten Gefühle des Kummers
die niemals erlöschen werden,
formen die Brücke der Freiheit,
wie ein schwacher Hauch von Licht
einen schimmernden Geist meißelt
aus etwas, das in dunkler Absurdität liegt.

Kakoli Ghosh

Unbeendet

Wenn die Suche endet,
werden die Träume nicht mehr berührt,
die leere, ängstliche Straße
hallt kein heimkehrender Fuß,
an den sanften Biegungen und bekannten Kurven...
Wenn die feuchten Worte der Sehnsucht
die staubige Fensterscheibe heruntertropfen,
mit einem plötzlichen Nachmittagsregen
hinterlässt ein grobes Gekritzel
wie das eines unvollendeten Gedichtes...
Schläfrige Sinne segeln weg durch
das Delta der faltigen Nerven;
das Meer des ungestörten Trostes wogt
im Rhythmus der überwachten Pieptöne, sich
windende Hebungen ruhen endlich in Frieden.
Gelbe Blätter tragen den Duft der Zeit; gebrochene
Versprechen, vergessene Fristen leuchten wie
zerrissene Medikamentenstreifen. Umgeschlagene
Zeitschriftenseiten flattern in der frischen Luft der
Notaufnahme.

Die Brücke

Spider

Gefangen in ihrem eigenen dichten Netz
die schockierte Spinne,
die sich windet und zappelt
in dem klebrigen Netz ihrer eigenen Begierde
fühlt sich unsicher und gerät außer Rand und Band.
Verstrickt wie eine giftige Geste
erleidet sie einen pochenden Tod
der niemals erlöschen wird;
die dunklen schimmligen Ecken
beherbergen und halten seinen kalten Atem an.
Der gewebte Spieß seiner Spannung
hängt in dem rauchigen Netz
von Angst und Schutz,

hält seine eigene Freude gefangen.
Seine unsicheren Glieder kriechen im rußigen Licht.
Der schwungvolle Hieb der Putzfrau
wickelt seinen ausgestreckten Müll ein
aus den Ecken des Zweifels und des Elends;

die schläfrigen Spinnweben sind vergessen,
versunkene Augen der Verderbtheit schlafen faul.

Die Brücke

Bare Nötigkeit

Streue etwas Lächeln und Lachen
einfach wie ein warmer gelber Sommer
der jeden krummen Schatten einbalsamiert
und die hohlen Blumen mit Farbe füllen.
Falten Sie die gewaschenen und gebügelten Gespräche,
mit ein paar schönen gewohnten Phrasen,
wie die fernen weichen Fransen
einer lieblichen Baumlinie,
den nackten, besonnenen Horizont nachzeichnen
um ihn sanft zu schmücken und zu definieren.
Eine liebevolle Mutter
beschützt und lobt
die unbeholfenen Bemühungen ihres durchschnittlichen Sohnes
und gibt ihm das Gefühl, wertvoll und unbezahlbar zu sein.
Tagelange, liebevolle Schatten
durchtränken die unbeholfenen Schatten des Morgens,

mit den staubgebadeten Spatzen,
um die verschwindende Dämmerung zu formen
für ein tiefes Morgen.
Die Schönheit der blinden Liebe leihen sich die Götter.
Der Traum ist älter als das Universum,
wo die Gassen von Dunst
und Sonnenschein verschmelzen;
Der stolze Ozymandias schlafwandelt
um die einzigartigen Überreste zu sammeln
von seinem kolossalen Wrack,
seinen kopflosen Torso und seine vergrabene Krone,
die Überreste seines kalten, höhnischen Stirnrunzelns.
Die Einfachheit übertrifft den Ruhm
die sich weit von der Illusion entfernt.

Komm Zurück

Durch die purpurne Nacht,
atmet unser gemessener, kalter Abstand,
gefesselt im Band der Unwissenheit.
Stachelige Zweige des medikamentösen Schlummers
verbrennt im Kamin in knusprigem Geplätscher,
nackte Äste machen manches Holz.
Alte Erinnerungen versengen und entflammen
in den leckenden Flammen der Besonnenheit,
Schlacke pocht im Feuer der Nachlässigkeit.
Rauchiger Geschmack von gerösteter Trennung
hält den fernen Mond gemütlich, warm,
die Asche des Stolzes schwelt, wälzt sich hin und her.

Nichts bleibt in einer Schale absolut, Apathie und Gleichgültigkeit so entschlossen, starre Einsamkeit zu bekämpfen, wird verdünnen.
Durch den dornigen Zaun, strenge
wilde Schlingpflanzen umarmen die Jahreszeiten im Wechsel,

Hoffnungen befruchten Wahrheit, Schmetterlinge
kehren zurück.

Die Brücke

Ein Und Ein

Ich habe den Schlaf eingeladen
um meine Wachsamkeit zu feiern, tief;
der Schlaf kam und schlief mit meinem Traum,
mein Erwachen driftete weg
in einem leeren Strom.
Reflektionen der Lichter der fernen Stadt
glitzern auf dem fließenden Fluss
der trügerischen Nacht,
wie Flocken der Hoffnung schimmern
in der dunklen Tiefe intensiven Schreckens.
Das verzerrte Schimmern
der Lichter vorbeifahrender Autos
auf einer Pfütze aus Regenwasser,
in Sprenkeln, zerstreut

unter den rasenden Rädern;
das konstante rhythmische Pulsieren
der ungeduldigen Scheibenwischer
zeichnet schimmernde Bilder

von verschwommenen und schimmernden Flüstern
auf die Leinwand der Windschutzscheiben.
Eine Sehnsucht nach Hause, pocht gefangen
für einen friedlichen Schlaf
in bettgedeckter Dunkelheit,
der Mond schmilzt langsam auf dem Sofa;
geheimnisvolle Einsamkeit, die sich
im Wogen der vertrauten Vorhänge,
verkrüppelte Sinne, die ein anderes Leben suchen.
Bedrängnis der ängstlichen Zeit
treiben und schweben wie ignorierte Leichen
nach der Gewissheit des himmlischen Läutens.

Ein Tränenreiches Lächeln

Jetzt ruhe ich tief in deinem ruhigen Traum,
wie ein Felsen, der in einem Strom versinkt;
dein fließender Schlaf saugt sich
durch den porösen Saum
meines tiefen Erwachens;
befeuchtet und löst sanft auf
meine langanhaltende Verhärtung.
von der Last meines Begehrens,
befreist du mich, entfaltest mich,
formst meine Seele in ein goldenes Gewand gehüllt,
aus einer prächtigen Feuerblume.
Wie eine freie Flamme aus dem Band des Feuers,
tauche ich in eine atmende Leere ein
und in einem Funken verschwinde ich aufrichtig.

Wie eine sanfte, schmachtende Musik schlafe ich
in den Saiten deiner stillen Leier,
wie eine Wahrheit, kostbar,
meine Niederlagen schätzt du,

eine unausgesprochene Wahrheit, offensichtlich
die kühne Lügen leise flüstern,
die nicht mehr mit Angst belastet ist.
Mein atmender Schatten erlischt bald
und saugt die Sonne und den Mond auf;
den grünen Duft der Wälder,
löst sich auf in den tief gezogenen Hauchen
von steifen Erinnerungen und nachdenklichen Stimmungen;
der nächtliche Verkehr zieht hell durch mich hindurch,
verblassende Nachtwanderungen durch das Licht der Stadt.

Wie Kummer und Schmerz den Kummer zieren,
kann stummes Wehklagen nicht weinen,
sehe ich meinen dunklen erholsamen Schlaf
der sich in deinen Tunneln tief ausbreitet;
von jemandem zu niemandem übergehend
Ich gehöre absolut zu deinem Alles,
Tropfen des Himmels in deiner regnerischen Seele.
Ich sprudle nicht mehr durch mein Schicksal,
brauende Zukunft, stört mich nicht mehr,
ich verschwinde wie ein fließender Fluss

in der Unnahbarkeit deines durstigen Meeres.
Der Wunsch, sich zu vereinen, vergeht
wenn die Sehnsucht sich zu lange sehnt,

verbrannte Glut schläft in kalter Asche, Band der
Freiheit, die Wärme hegt.

Bare Wahrheit

Ich stehe nackt, von Angesicht zu Angesicht
mit meinem Geliebten, in seiner Umarmung.
Mein flammender, gefangener Atem,
brennt die kalte Stille des Todes aus.
Meine Liebe hat mich für den Schmerz geeignet gemacht,
der letzte Atemzug kriecht durch jede Ader.
Die Seele meines vergewaltigten Leichnams will nicht erlöschen,
in ihren Krämpfen atmet der Tod.
Unbelastet, frei von verheißungsvoller Asche
funkelt mein Leben auf dem Scheiterhaufen in kurzen Blitzen.

Ekstatischer Schrecken imprägnierte den Tod,
Skelette der nackten Wahrheit sprossen Atem.
Meine Geliebte wird meinen Kadaver bedecken, alle meine gequetschten Sinne werden blühen.
Das Morgen wird hier unbemerkt blühen, peinliche Götter im stillen Gebet.
Neue Schläge von tausend Knospen

würden alte Rechnungen mit stummen Göttern begleichen.

Kakoli Ghosh

Von Angesicht Zu Angesicht

Ich befehle meiner Seele von Angesicht zu Angesicht,

Der Erfolg kämpft gegen den Misserfolg in gleichmäßigem Tempo.

Leichen schändend erweckst du den Tod,

um deinen Schießpulveratem zu verherrlichen.

Ekstasen deines törichten Gewehrs sehnen,

Nach dem Pochen der furchtlosen Herzen, tapfer.

Sonnenaufgang und Sonnenuntergang finden in der Illusion statt,

Krieg und Frieden erzeugen hysterischen Wahn.

Deine Grausamkeiten und diktatorisches Stirnrunzeln,

Lösen sich wie eine Geburtsschnur, schrumpfen braun.

Wie ein Wahnsinniger taumelst du, Wachsam ruht, ermüdet von der Macht.

Berauscht von dem universellen Licht

Nehme ich meinen verzweifelten, brennenden Flug.

Leichen unserer Freunde und Feinde entblößt, atmen und keimen zusammen.

Unzerstörbar

Die Wahrheit wartet dort auf mich, in der Ferne,

jenseits des trügerischen Dunkels stehend

wie das Licht sich ausbreitet, um einen Stern zu erreichen;

Ich atme wie trockenes Brennholz in einem unbeleuchteten Funken.

Angekettet an mein eigenes goldenes Gefängnis,

eingehüllt in meine eigenen Seidenfäden,

meine tiefe Ruhe tropft in salzigem Grund;

Atem des Todes, wie Nebel breitet sich aus.

Die Wahrheit wartet jenseits meines Liedes der Verzweiflung,

der Text, den meine gefrorenen Lippen nicht streicheln können,

Worte überschreiten die Grenze der Sorge;

Verheißung des Schmerzes schimmert in tränenreicher Anmut.

Fluss Des Vergessens

Ich muss jetzt fliehen. Die entleerte Nacht
schwimmt nackt, auf dem gnadenlosen Fluss
unberührt von jeder Schlussfolgerung,
der Schrei der kalten Einsamkeit
bricht in aller Eile auseinander
aus dem Laderaum der Stille;
ein beschädigtes Beiboot, einst aufblasbar,
und ein verlassener Schlafsack,
liegen am Strand
wie offene Geheimnisse, schwer fassbar.
Ich werde jetzt von hier aus weitergehen.
Der heilige Fluss, ein Weg zur Hoffnung,
schläft jetzt ungestört von Unruhen,
eine gefahrvolle Reise zu einem besseren Leben
setzt seine verlorene Reise in die Vergessenheit fort.

Die Mitarbeiter des Rettungsdienstes
haben einen violetten Schlummer auf dem Wasser geortet,
einen Haufen aufgedunsener Verzweiflung

Die Brücke

Mitten im Fluss ertrunken, in eisiger Kälte
treiben nun wie totgeborene Momente.
Ein Kind, das einem liebevollen Griff entglitten ist
in den tiefen Schoß der ruhigen Gefahr,
wirft seinen Fluch auf mein Kind,
das langsam in den Schlaf sinkt;
die leere Wiege schaukelt in Ungewissheit.
Überladene Not der Flüchtlinge
Ich handelte, in schwachen Booten, kaum schwimmend,
von den unberechenbaren Wellen gewiegt;
ihre verzweifelten Krisen ausnutzend,
blüht mein Leben an Land.

Doch jetzt muss ich fliehen,
ein panischer Schrei eines Kindes
heult in der starrenden Dunkelheit...

Stray Gott

Ozymandias erhob sich aus seinen Ruinen;

sein hohler Rumpf setzte sich auf seine steinernen Glieder,

holte seinen grausamen Kiefer, sein despotisches Stirnrunzeln

aus der weiten Wüste der sandigen Geschichte.

Er grub seine versunkene Krone aus,

inthronisierte seinen herrischen Ruhm;

der Glaube entglitt dem höllischen Himmel

als die verzweifelte Angst die Flucht ergriff.

Ich schleuderte meine Kinder über den Zaun

in die Arme eines unbekannten Gottes,

floh ich vor der Hoffnung, wie das Leben vor dem Aufprall.

Ein scharfer Tritt auf meinen tragenden Schoß

zerriss die pochende Geduld,

wie plötzliche Gewalt die Unschuld sprengt;

atmende Gerinnsel des abgetriebenen Morgens

herausgespült mit dem blutigen Embryo.

Die Brücke

Die zerbrochene Wahrheit des verlorenen Reiches
fließt und rieselt an den Schenkeln hinunter
des schockierten Tals der Katastrophe;
Psalmen von herzlosen Gebeten, laut,
heben starrköpfigen Schrecken, -stolz,
Eiseskälte steinerner Blicke stagniert Wolke.
Die klammernden Finger der nackten Verzweiflung
hängen an den Klippen des felsigen Winters.
Ausgestopfte Seelen und fade Gemüter
tasten sich zusammen wie Eule und Nacht;
als Leichen, die sie identifizieren müssen,
können sie sich nicht in die Augen sehen,

die verstümmelten, verfaulten Leichen
ihrer eigenen Kinder, starren kalt
wie die faulige Geste eines abgestandenen Sees
und blicken in den Himmel mit einer Unnahbarkeit,
die alt ist.
Die strampelnden Beine fallen abgehackt
von den kahlen Ästen, roh
wie trockenes Brennholz.
Geplatzte Gebärmütter treiben aus wie Knollen
die schlafend und warm unter dem Winter liegen.

Verirrte Götter schießen sanft empor
durch rissigen Glauben,
steinerne Glieder vervielfältigen historische Wracks.

Bitte Stirb Jetzt Nicht

Entgleiten Sie nicht in die Leere
aus meinem zärtlichen Griff,
unser erster Blick hält dich warm
bis die Nacht über den
den Fluss der Dunkelheit überquert; bitte bleib.
Schließe jetzt nicht deine Augen,
lass die eisige Nacht
aus dem Griff des Winters fallen,
starre tief in meine Augen,
die Kälte wird für immer sinken.
Lass unsere letzten Atemzüge flüstern,
für ein paar Augenblicke mehr,

bitte bleib in der Luft bis zum Morgengrauen,
unsere Augen halten die Wärme bis zum
Morgengrauen.
Bitte stirb jetzt nicht.

Kontrolllinie

In ihren Augen sah ich
Verzweiflung, roh
wie gefrorenes Feuer;
der Blick eines ausgestopften Vogels auf das Leben.
Locken ziehen die Konturen
den Umriss ihres Schals
wie Rauchschwaden
die eine Stadt überblicken;
Zwischen eisigen Wäldern,
gestrandet
mit hundert Flüchtlingen,
ihre Augen tragen die Ruinen,
ihres Landes, das sie zurückgelassen hat,
wie bitterer Saft die
die Orangenschale.

Ein plötzlicher Steinschauer
störte die Grenze;
pflichtbewusstes Aufladen

Wasserwerfer, Tränengas,
meine weinenden Augen
suchten...
ihre geheimnisvollen Augen.
Die Vision jagt ihre unnahbaren Blicke,
verblassen in der Ferne.
Ich wünsche mir, jenseits des Konflikts,
sie möge die Freiheit erreichen;
meine Hoffnung fesselt sie noch
in meiner Faszination;
wie das Zwielicht die Erleuchtung bewahrt.

Blindes Lieben

In Luv sitzend
auf meiner gegenüberliegenden Koje,
die Musik im Ohr
schaute er weit
als gäbe es nichts
das sich zu sehen lohnt.
Die Zeit hüpfte
über die sich überschlagenden Momente,
der Zug zerschnitt die Luft.
Seine kupferfarbenen Augen
unter den dichten Wimpern
verstärkten meinen Atem.
Ich wünschte,
er könnte mein Gesicht sehen.

in meiner Burka und Spitze
hob sich meine Würde
und Anmut.
Seine Station kam an.

Ein kleines Mädchen führte ihn hinaus.
Er stolperte einmal,
über mein großes Gepäck
in der Nähe des Durchgangs;
doch schaffte er, wie die seelenlose Nacht
ihren Weg durch die Dunkelheit zu bahnen;
Sterne brennen weiter
bis zur Vergessenheit.

Kakoli Ghosh

Ein Weg Dazu

Verkrüppelte Rücklichter
der vorderen Autos
auf meiner verregneten Windschutzscheibe
bringen flüsternde Tränen zurück;
die luftigen Klänge alter Melodien
die im FM-Radio laufen
streicheln deine warme Abwesenheit.
Den wogenden Schlaf hinunterschlucken
mit etwas Sodawasser
Ich umklammere fest die Dunkelheit
und steuere durch die gemessene Wahrheit.
Sprudelnde Träume platzen auf
durch meinen nebligen Atem;
deine schmollende Leere bläst Blasen.

Verschwommener Verkehr verwirrt die
Scheibenwischer,
die Autobahn spottet über mein Ziel;
ich mache eine Teepause und wische die Spiegel ab;
lockiger Rauch von meiner Zigarette

verheddern sich mit dem baumelnden Winter.
Schläfrigkeit spritzt Wasser in meine Augen,
der Duft der fernen Menge blüht.
Leere irdene Tassen
achtlos nach dem Tee geworfen,
zerbrechen die eminenten Identitäten
in Scherben der Gleichgültigkeit.
Die Autobahn leckt unsere blutende Entfernung,
der Sicherheitsgurt sichert die Leere
die neben mir an prominenter Stelle sitzt.

Kakoli Ghosh

Eine Jahreszeit Der Ernte

Es ist die Zeit der Ernte im Paradies:
ein nicht identifiziertes Licht
liegt tot auf dem Skyway,
ein wenig außer Sichtweite.
Seine Arme, als Schatten von zarten Zweigen
verschwinden sanft in seinem langen Leichentuch,
ein weißer Sack voller reifer Wolken
und Sternen der Ernte,
liegen um ihn herum verstreut in Bestürzung.
Die weise Eule der nachdenklichen Nacht
rechtfertigt die Tötung des Lichts
mit geplanten Verwüstungen,
rahmt seine zweifelhaften Strahlen
in ein selbstmörderisches Höllenverbrechen.

Das Licht hatte sich nicht gezeigt
in den letzten Tagen,
vielleicht wegen einer plötzlichen Depression
entlang des Zauns des Himmels.

Die Brücke

Es ging als ein Arbeiter der Sanftmut
pflückte und rupfte die Zukunft,
füllte seine weiße Tasche
des unschuldigen Hungers;
die wachsamen Götter schossen ihn tot.
Da die Sonne eingesperrt war
im schäbigen Lager der nackten Göttlichkeit,
warten weitere Migrantenlichter
auf eine Flüchtlings- oder Asylidentität.

Der Verzögerung überdrüssig
die Karawane der unbeglaubigten Heutigen
nähert sich Tag für Tag
auf die Grenze von Utopia zu.
Neue Regeln begraben getötete flügellose Vögel
auf weit entfernten Friedhöfen,
die letzte Ölung wird dort verweigert.
Unbekannte Gewänder des Hungers
kleidet mehr Unheil.

Kakoli Ghosh

Schlafende Schönheit

Lass den Traum nicht sanft entgleiten
aus dem klammen Griff deines Glaubens,
lass die magischen Momente nicht entschwinden
bis deine längst vergessenen Märchen verblassen.
Beschwere deinen Schlaf nicht mit Sternen,
Liebe kann die Erinnerung nicht so gut festhalten
so liebevoll wie der Schmerz sich kümmern kann;
ein scharfer Augenblick zerschneidet die Zeit wie ein Schal die Luft.
Halte mich in deinen Armen, solange ich hier bin
der magische Zauber endet in einem Moment, der zu lieb ist;
unsere taufrischen Wege trennen sich, wie das Leben die Träne nähren muss,
küss mich, als ob wir uns nie wiedersehen würden, im Jenseits.

Als verbannte Götter eilen wir zurück in die Wirklichkeit
in Lumpen, aus dem gebrochenen Bann der Magie,

liebe mich wie ich bin, ohne meinen mystischen Schleier

oder lass meinen Tod für immer atmen wie Dornröschen.

Kakoli Ghosh

Alte Taverne

Die schmollenden Lippen der Gleichgültigkeit
schlürfen langsam die schlammige Brühe
von kontinentalen Worten, zerquetschten Schreien,
alten Gewürzen, würdevoller Abgehobenheit,
frisch gedünstet in rauchenden Vorfällen;
rauchiges Aroma der Intoleranz,
eine Prise getrockneter und konservierter Zitate,
abstrakte Traurigkeit gebraut wie Wein,
durch das göttliche Sieb gestrichen,
Speichel leckt das Aroma der Geschichte.
Jedes Blutvergießen züchtet gewalttätige Götter,
Qualen werden süchtig nach Prophezeiungen.
Alte traditionelle Melodie schleicht sich
durch das Stimmband

von Kultur, Erbe und Hingabe
wie der gemessene Wirbel
einer Fenster-Geldpflanze
die an einem Leitfaden entlang kriecht;

Neonlicht formt die nieselige Nacht,
die leere Straße geht nackt wie die Wahrheit,
ermordeter Schlaf blutet bis zum Morgengrauen.
Leichen posieren für filmische Aufnahmen,
preisgekrönte Filme porträtieren das Leben -
pragmatisch, realistisch, künstlerisch wie der Tod.
Eyeliner verschmiert mit Emotion,
Monotonie verschmiert auf missbrauchten Lippen
Lächeln in müden Schattierungen der Leidenschaft;
Rasende Räder kommen quietschend zum Stillstand
auf der Brust der Depression

auf einem schlafenden Fußweg oder auf Felsen, die in gewellten Forderungen herausragen. Likes, Kommentare, unzählige Shares, Videos, die viral gehen, treiben im Netz wie ziellose Spermien, die durchdrehen. Schichten von leckeren, offenen Geheimnissen bedecken den Kuchen der vergrabenen Wahrheit, quadratisch.

Kakoli Ghosh

Der Fluch

Der Fluch nährt sich von der Zuneigung der Liebe
wie eine Flamme an seidener Dunkelheit knabbert
bis die Morgendämmerung nackt geht, um die Schatten
die Schatten der irdischen Schande,
die Gasse der nächtlichen Würde entlang;
die verfluchte Liebe neigt dazu, die Unendlichkeit zu berühren.
Die Liebe leidet in der Leere der Trennung
gefangen in dem weisen Netz der Erlösung,
der gefertigte Spiegel schaut mich an, blank,
Sehnsucht nach Wahrheit ohne jede Kunst,
die Schönheit verflucht mich einfach, um zu gestehen
deine wahre Liebe, alterslos, zeitlos.

Der Fluch wie geschnitzte Säulen, alt verschlungen, rätselhaft, erbärmlich kalt wölbt sich auf, um die Reinheit der göttlichen Liebe zu stützen, die das Wesen transzendiert; Wünsche verwandeln sich in Glühwürmchen, um zu glühen, flammender Schmerz erhellt tiefen Kummer.

Du weinst meine Träne, meine Sinne weinen, ich blute in deinem Bluterguss, Wunden beruhigen. Heute läuft die Zeit in beschmutzten Füßen ab, das Morgen schreitet voran, trifft sich nie; der Fluch schließt seine Augen

wenn der Spiegel einschläft.

Benehmen Sie Sich

Hüpfende Gedanken tänzeln herum
wie ein schwänzendes Kind, hüpfend
und spritzen die Monotonie
aus der trüben Pfütze der Routine;
schmutzige Schuhe, Socken, Schulkleid,
die magische Kindheit der Tollpatschigkeit,
werden gewaschen, gestärkt und gebügelt.
Perfekte Falten der kalten Art
erhalten eine sanfte Anatomie;
Kontroversen provozieren Verbote,
eingeatmete Wahrheit wird gesundheitsschädlich,
die Gerechtigkeit schwelt wie eine lange Zigarette,
der Aschenbecher hält die Geduld,
DNA schützt nutzlose Beweise.

Unterwürfiger Gehorsam wird älter
fließt leise wie ein alter Fluss,
überschwemmte Adressen treiben nach der Katastrophe
wie leere Pappschachteln;

hohle Augenhöhlen mit vertrockneten Augen
fangen Live-Videos von Belästigungen ein
wie ein echter anständiger Zuschauer.
Die Freiheit der Meinungsäußerung verrottet
im schalen Widerschein des Himmels
verrottet eingeschlossen in gewohnten Gräben,
grimmig wie der leere Blick
eines gefangenen Fisches, der auf den Tod wartet.
Regentropfen tragen den Himmel
wie Tränen einen Schrei einbalsamieren.

Laufende Räder spritzen Schlammwürde
aus der toten Pfütze der Gewissheit
auf die steife Uniform des Gewissens.
Die versicherte Angst setzt sich allmählich
unter die aufgewühlte Schuld;
Träume bekommen hartnäckige Flecken,
abgelaufene Medikamente kaufen fade Zeit.

Kakoli Ghosh

Hybrid

Es gibt nichts Brutales an dir
mein lieber Feind,
nur ein geschultes Herz spielt sein Gleichgewicht
auf deinem starren Antlitz,
eine Mischung aus anerzogener Unhöflichkeit und Ignoranz.
Sie verletzen und töten mich aus Gewalt
aus einigen unvernünftigen Gründen,
zähmst deine Scham in religiösen Ketten,
du verlierst den Duft der Erntezeit;
Doch Gott wird noch in dunklen Gefängnissen geboren.
Deine höhlenartige Wachsamkeit
hat die unschuldigen Träume ins Visier genommen
mit dem Auslöser der Schlaflosigkeit.

Du hast immer noch Angst vor der Dunkelheit, so scheint es;
deine antrainierte Angst hat Angst zu schreien.
Mein zerrissener Schoß liefert neues Licht,

du hast es aus Wonne getreten, eine blutige Nacht.
Wenn die Plane des Himmels herabhängt,
klebrig, ölig mit Dämpfen der Verwüstung;
schlitterst du in dein atmendes Grab.
Die schale Unnahbarkeit des parlierenden Todes
setzt sich in den Zeitungsseiten fest
die lose im historischen Atem flattern;
der Morgentee dampft heiß in der Stadt,
Kindergeschrei ertränkt die Nachrichten von Gräueltaten.

Jubelschreie spielender Kinder trainieren die erdige Einfachheit des Lebens. Antrainierte Brutalität und Verderbtheit, wie ein verlorener Wasserstoffballon, schwebt stolz gegen die Schwerkraft.

Kakoli Ghosh

Licht Überdauert Das Feuer

Geduld erträgt die Flamme der Gewalt,

Der Donner durchschneidet die Dunkelheit in hellen Blitzen.

Aber es hat seine Kürze der Bedeutung,

Winzige Funken können kein sanftes Licht entzünden.

Flügel des Fluges brennen in fettiger Pracht,

Entzündete Zukünfte brutzeln wie Glut;

Ermüdete Dämpfe des Stolzes regnen gewöhnlich,

Toleranz, die in silberner Asche liegt, schwelt.

Erstickte Träume murmeln in trockenen Blättern,

Schwangere Leichen züchten blutigen Frieden.

Gebrautes Leben drückt durch rostige Siebe,

Flutender Terror stagniert und erstarrt.

Die Zunge des Donners stammelt im Zorn, gewaschen in einem Schauer, Licht überlebt das Feuer.

Einfach Tiefsinnig

Deine neblige Essenz

schwebt gefangen in fadenscheinigen Blasen durch meine entkorkte Gegenwart. Dein gewöhnliches Lächeln

wie blühende Funken, die ich einfange, deine einfache Art bringt mich zum Staunen; meine tagtägliche Besonnenheit gibt sich hin wie Salz der Angst

das sich auflöst und vergeht

in der süßen Schlichtheit des Wassers.

Meine zahlreichen herrlichen Nächte zerfransen in der Tiefe deines gewöhnlichen Tages; winzige Momente der Verzweiflung zieren die rätselhafte Dunkelheit, Flammen der Ewigkeit verschlingen und verbrennen die Zeit.

Kakoli Ghosh

Todesfurcht

Deine Panik vor dem Untergang nährt das Feuer
eurer endlosen Angst,
während du an deinem eigenen Schatten zweifelst
und tief in deinem Herzen weißt du,
mit dem Gehen des Lichts
Schatten schrumpfen und erlöschen;
in der Hitze deines despotischen Vergnügens
weint Salz in deiner trockenen ungeweinten Träne.
Deine Suche nach einem leeren Grund,
um Hingabe in einem fanatischen Gefängnis zu trainieren,
um deinen abscheulichen Namen
auf die blaue Kuppel des Himmels,
wird wie eine Sandburg zusammenfallen
vor lauter Scham

zu den spielerischen Füßen,
meiner verwaisten Traumkinder.
Das nackte Schwert des Mutes liegt in
in der juwelenbesetzten Scheide deines Schreckens;

es misst deinen hohlen Atem, fest,
ertastet aus deinem kalten, leeren Blick.
Dein trainiertes Roboterherz, pumpt das Futter
rostet und verrottet ohne einen Schlag
Saison für Saison
und bewacht ein gewalttätiges religiöses Gefängnis.
Meine Traumkinder zerbrechen vor Leidenschaft,
die orthodoxen Türen eurer Hingabe.
Ihr plündert das Paradies hier,
betet ihr für einen phantasievollen Himmel;
der Tod gewährt euch eine prähistorische Zukunft.

Eure disziplinierten religiösen Gesänge
schreien, wie hungrige Säuglinge,
aus Entsetzen.
Meine Traumkinder spielen ohne Angst; aber dein ungehörtes Gebet
fließt in deinem kalten, herzlosen Blut, wie scharfe Scherben eines zerbrochenen Spiegels, der dich als sezierten Kadaver reflektiert. Eines Tages wirst du einen Grund finden, deine so lange gefrorene Träne über den lebendigen Tod deiner Kinder zu vergießen.

Kakoli Ghosh

Blühende Wunden

Bist du verwirrt, wenn du siehst
meine Wunden blühen!
Sieh, wie die tiefen Wunden des Unglücks
umhüllt von Liebe, zu heilen beginnen,
und der undichte Stolz des Todes, versiegelt!
Sieh, wie das verzweifelte Blut
das einst wie eine Flut hervorbrach,
und nun den Geburtskanal der Sonne erstickt
mit Schießpulver-Klumpen;
vom Himmel kehren ungehörte Gebete zurück.
An die Schulter des anderen gelehnt
teilen sich Erfolg und Misserfolg eine brennende
Zigarre
zwischen ihren zuversichtlichen Fingern.

Sie stapfen durch die Überreste des Krieges und
stolpern über die Trümmer der Macht.
Ermüdete Gräber ersticken sanft die Luftröhre von
Gewalt und Terror. Brennende und rauchende
Geduld, vergewaltigt, gebiert eine weitere nackte
Sonne. Der Atem trifft das Leben in einer plötzlichen
Wendung.

Einschreibung Zu Einer Odyssee

Sie bereiteten sich darauf vor, mich zu verlassen
in einen erholsamen Frieden.
Von meinen ertrunkenen Träumen erholt,
das leise Tröpfeln des Wassers
klingt wie das Reißen einer Blume;
mein plötzlicher Schlaf funkelt
mit tausend Glitzern
die lose vom Himmel fallen,
der Atem jagt eine Tatsache durch das Leben
die für immer eine schöne Lüge bleibt.
Ihr Rhythmus, der meine Seele trägt
wiegt sich in der mondbeschienenen Dunkelheit,
wie Wegerichblätter
die eine totgeborene Nacht einlullen, stark.

Die eisigen Wälder stehen verwirrt,
unter den gestrandeten Flüchtlingen;
die Hoffnung schwebt wie Federn

losgelöst von den schwebenden Flügeln,
der Wunsch fällt weich, isoliert vom Flug
durch die bewaldete Grenze.
Ich muss hier bleiben,
mein Skelett wird schwerer
unter der verfallenden Stille.
Ich höre das Plätschern von Blut,
ein stummes Geräusch von zurückweichenden Wellen
die die verlassenen Hänge des Lebens berühren.
Das Mysterium ruht in Frieden
alles verkaufend, alle Ersparnisse verwendend;
der eisige Fluss, der Sterne trägt, murmelt,
schwimmende Freiheit ertrinkt in der Mitte des Flusses.

'.... .... Der Tod ist nicht das Ende
Gott hat einen besseren Platz für ihn'
flüstert die gefrorene Hymne;
mobile Fackeln leiten Schaufeln mit Erde,
eine Zeremonie zur Abdeckung des Schlafes
wird per Videolink übertragen,
aber Träume können nicht tief begraben werden.
Gräber werden respektiert und markiert

um im Jenseits erkannt zu werden,
der Weg zum Himmel, schwebt in Ehren.

Die Marke

Die goldene Stille des Kornfelds,
feucht im frühen Morgentau,
stützt den Rand der Bucht;
in der flatternden Brise, - fröhlich,
werfen sich die Spitzen in gold-grünem Schild,
blüht des Lebens früheste liebliche Farbe.
Das leise Flüstern des Morgens
reift allmählich zu einem Murmeln;
das glitzernde Plätschern des alten Flusses
belastet den luftigen Schimmer,
während seine schmachtenden Dämpfe schweben
und vergehen
weit in die hilflose wolkige Angst.
Die weiche faltige Kornfelddämmerung
reift zu einem gebügelten, steifen Morgen,

eine sehr kurze unbeholfene romantische
Dämmerung
verstrickt sich in seiner fadenscheinigen Schale;
seine goldene Ernte wird zu einem Teig,

gebacken und verzehrt für unterwegs.
Die alte Nacht erzählt den Sternen
die Geschichten des glitzernden Erfolgs,
um das zarte Bedauern zu vermeiden
das grüne Geheimnis nicht geküsst zu haben
der duftenden, dichten Bäume des Waldes
als die Dämmerung noch scharlachrot war.
Die unberührten Wellen fließen unerbittlich,
tragen die momentanen Funken des Tages
in einem flüchtigen goldenen Schein;
das grüne Gold des Urwalds,
die offensichtlichen Leichentücher des Winters
mit seinem alles durchdringenden Schnee.

Kakoli Ghosh

Der Letzte Atemzug

Nach dem langwierigen Leben
durch hoffnungslose medizinische Zusicherungen,
kriecht blaues Schweigen kalt
durch das Netz der Adern,
bis der letzte Atemzug unbemerkt erblüht.
Göttliche Hymnen singen den Frieden,
Weiße Flocken der himmlischen Glückseligkeit
werden grau, auf ihrem Weg
durch Schichten von treuloser Hingabe
alte Rechnungen mit dem verlegenen Gott zu
begleichen.

Nun haucht der letzte Atemzug ein Gebet, -
wie eine erloschene Flamme - rauchig, tränenreich,
die durchschritten werden kann,
aber nie gehalten werden kann
trotz tausendfacher Anspannung der Verzweiflung.
Der Morgenstern auf der Oberlippenlinie
des alterslosen Morgens wird leuchten
wie ein Schönheitsfleck, - gestreichelt

und geküsst von der trägen Morgenröte,

bis der goldschimmernde Baum den Morgen verkündet.

Abgeschlossen

Der Krieg erscheint blind wie Homer;
schimmern die Linien der Kontrolle
wie Helena,
hier am Leben zu bleiben, ist Phantasie ergriffen.
Jeder Augenblick des Leidens,
taumelt Zentimeter für Zentimeter, kriechend.
Stummer Atem, der der feuernden Decke gegenübersteht
nährt die hilflose Flamme des menschlichen Schreis.
Zu wählen zwischen Ration und Munition,
Das Leben zu erhalten ist nur eine Intuition.
Lebensmittelpakete oder Kugeln
eine brennende Ironie zu wählen.
Triumph im Krieg flattert
in der windgepeitschten Nationalflagge

Siege und Niederlagen, die Geschichte entdeckt
in der grünen Stille der Gräber, lange danach.
Verzehrende Fragmente von Strömen,
Flecken von unbeholfenen Wiesen und Träumen,
einige Brocken von Tälern und Mulden

Die Brücke

ein paar Grenzsiedlungen folgen,
sprengt alte Städte weg,
zerstören Relikte und Denkmäler, Kriegskronen
Sieg hissender Ruhm und Opfer
der Patriotismus kocht in mehr Würze.
Meine plötzliche Heimkehr
mit amputierten Beinen,
zögerte mein verstauchtes Leben
in der plötzlichen Veränderung
und wälzte sich in meiner schrecklichen Existenz hin und her.

Die abwesenden Glieder pulsierten
pulsierend und flatternd, schluchzten sie hilflos an den abgehackten Enden.
Wie glückselig und einfach
ist es, gehen zu können
gehen zu können, ohne behindert zu sein.
Durch die plötzliche Veränderung
wurde mein Leben zu einer Notlage.
Ich breitete mich aus wie ein dunkler Lichtstrahl
durch den Korridor der Flucht der Zeit,
durch eine Leere des Lebens...

Über Den Dichter

Kakoli Ghosh

Kakoli Ghosh alias Moon Drops begann die Reise ihres Lebens in der Industriestadt Durgapur in Westbengalen, Indien. Im Laufe der Jahre hat sie zahllose Zwischenstopps in den verschiedensten Gegenden eingelegt - sei es in den sanften Ebenen des Ganges, in der fabelhaften Wildnis des Landes der Maharadschas, in einer verschlafenen Stadt entlang der Savannen in einem Tal des Himalaya oder im Land der Zulus. Die Orte, die Menschen und ihre Kultur haben sie unmerklich, aber sicher bereichert.

Wie das kleine Mädchen mit den großen Augen, das einst durch das Reisfeld rannte, um den vorbeifahrenden Zug pfeifen zu sehen, bleibt sie erstaunt, die wunderbare Welt, die Schönheit der Natur und die Menschen in ihren bunten Schattierungen durch ihre ehrfürchtige Vision zu sehen, und stellt dasselbe durch ihre Gedichte, Geschichten und Gemälde dar.

Und ja, die gefühlvolle Musik ist ihr lebenslanger Begleiter und Ventil für ihre Gefühle.

Was ihr kreatives Schaffen betrifft, so wurden ihre Werke in verschiedenen nationalen und internationalen Anthologien veröffentlicht, z. B. Paradise on Earth: Vols. 1 & II (herausgegeben von Stefan Bohdan, USA), Ferring Love (herausgegeben von Nupur Basu, Indien), Glomag (herausgegeben von Glory Sasikala, Indien), Poems for Haiti (herausgegeben von Dr. Amitabh Mitra, Südafrika). Ihre Gedichte zum Thema Neue Norm wurden von Excellor Books in Zusammenarbeit mit Oxford Book Store, Indien, und Poetry Paradigm veröffentlicht. Gedichte zum Thema Widrigkeiten wurden im Poet Magazine, Großbritannien, veröffentlicht.

Ihr Gedichtband mit dem Titel "Unfinished" wurde 2010 in Durban, Südafrika, veröffentlicht.

Kakoli, die ein Postgraduiertenstudium in englischer Literatur absolviert hat, widmet sich auch gerne der Literatur der Volkssprachen. Viele ihrer bengalischen Gedichte wurden online veröffentlicht und in lokalen Magazinen abgedruckt.

Und nicht zuletzt malt sie auch gerne. Ihre Bilder wurden in Galerien/Ausstellungen ausgestellt und wurden auch auf der Titelseite von Paradise on Earth sowie in diesem Buch verwendet.

RSVP: - -

FB: https://www.facebook.com/moon.drops.773

INSTA: moondrops_2020

BLOG: http://moondrops.art.blog/home/

MAIL: kakolimajumdarghosh@gmail.com

www.ingramcontent.com/pod-product-compliance
Lightning Source LLC
LaVergne TN
LVHW041547070526
838199LV00046B/1856